Joana d'Arc Torres de Assis

O MUITO e
O POUCO

2ª Edição

Copyright © 2011 by Joana d'Arc Torres de Assis
Todos os direitos reservados

Capa
Túlio Oliveira

Revisão
Dila Bragança de Mendonça

Ilustrações
Josias Marinho

Diagramação
Anderson Luizes

**Prêmio Nacional 30 Anos Câmara Mineira do Livro.
Da FNLIJ – Selo Altamente Recomendável.**

A848m	Assis, Joana d'Arc Tôrres de. O muito e o pouco / Joana d'Arc Torres de Assis ; ilustrado por Josias Marinho. – 2. ed. – Belo Horizonte : Mazza Edições, 2011. 72 p. ; 14 x 21 cm ISBN: 978-85-7160-554-1 1. Literatura infanto-juvenil brasileira. I. Título. CDD: B869.8 CDU: 087.5

Proibida a reprodução total ou parcial.
Os infratores serão processados na forma da lei.

MAZZA EDIÇÕES LTDA.
Rua Bragança, 101 | Pompeia
30280-410 | BELO HORIZONTE | MG
Telefax: + 55 31 3481 0591
e-mail: edmazza@uai.com.br | site: www.mazzaedicoes.com.br

*A Raeclara, Tainah e Chandra,
crianças brasileiras.
Ao Brasil, terra do muito,
que há séculos recebe tão pouco.*

Esclarecimento à garotada

Este livro não segue um modelito comum. Ele é cheio de variações, feito um colar de fantasia. Nele tem crônicas, história de verdade, histórias do faz-de-conta e histórias que, sem que nem pra que, viram crônicas. Tem também algumas reportagens extraplanetárias, coisa pouca, e súbitos versos colados em dedos de prosa. Tudo isso corre num fio só e sempre por conta do prazer de brincar que a literatura nos dá.

Outra coisa: algumas expressões aqui usadas são habituais e talvez nascidas na região onde a autora viveu até 1993: Santa Maria de Itabira (MG), corredor de entrada para o sertão, de linguajar rico e todo especial. Pode ser que alguma não apareça no dicionário. No entanto, pela graça de sua forma ou pela propriedade da força que carrega, foi introduzida neste colar-fantasia, que agora se torna seu.

Sumário

Na palma da mão 9
O sapo sovina 10
Pétalas 11
Não fica longe 12
O lobo que não uivava 13
Metáforas comestíveis 15
E os quintais? 17
Tom de mato queimado 19
Por favor 20
Dedal mágico 21
Pipobrito 23
Verdade verdadeira 25
Desdoer da dor 27
Pingo de pingo 29
Primeirona 30
Alminhas 31
Coisas a saber 33
Vacilação 35
Bicho-caruncho 36

Maciez 38
Descobrimentos 39
Traquinagem 40
A leve asa 42
Um ET quase imaginário 44
Megavó bactéria 46
O vizinho molhado 48
Esmero 50
A penquinha 53
Debaixo de certa cascata 55
Macarrão e bacalhau 59
A feiura disfarçada 62
O dia da onça empanturrada 64
O amor sabe inventar 67

Na palma da mão

Era uma vez um homem iluminado. Um mestre. Sabia viver e sabia ensinar coisas práticas para as pessoas viverem com felicidade. Seu nome: Gautama Buda. Certo dia, ao atravessar uma floresta com seus alunos, colheu algumas folhas, colocou-as na palma da mão e perguntou:

– Onde tem mais folhas? Na minha mão ou na floresta?
– Claro que na floresta! – respondeu o mais esperto.
– Tem certeza?
– Toda, mestre.

Com sua voz firme e suave Buda falou:

– O conhecimento que a Humanidade já adquiriu equivale a estas folhas na minha mão. Ele é muito pouco, comparado ao que está por vir. O conhecimento é infinito, meus filhos!

O sapo sovina

Quem não ouviu falar em Leonardo da Vinci, que pintou a Mona Lisa? Era considerado uma das pessoas mais inteligentes do mundo. Além de pintor, era um punhado de coisas e muito bom em tudo que fazia. Uma delas era contar as histórias que ele mesmo inventava. Feito esta que segue.

Existia um sapo muito sovina. Só comia terra. Terra no café da manhã, terra no almoço, terra no jantar. Podia aparecer qualquer petisco, a mosca mais suculenta, que ele nem olhava. Na hora certa, ia lá e comia, mas sempre muito pouquinho, de modo que sua barriga vivia roncando de fome. Era um sapo pálido, murcho, mirrado.

Cansada de todo dia ver aquele disparate, uma joaninha roliça não aguentou e lhe disse:

– Credo, cara, você só come terra?
– É.
– Por que faz isso?
– Porque no mundo tem mais terra que mosquito, ora!
– Então por que não come mais? Tem tanta terra por aí!
– Meu medo, joaninha, é comer muita e um dia a terra acabar. Sabe? Eu detesto a miséria!

Pétalas

A criança veio e me deu a flor. Faz muitos anos. Flor pequenina, já sem o caule e com algumas dobras nas pétalas. Não disse uma palavra. Falar não é preciso quando rola o silêncio do amor.

Confesso que naquele instante meu coração, ligadão, jogou beijos para os cem mil lados das coisas. Hoje peguei o bichinho a reviver tudo aquilo. Bem calado, ele o enviava a tantas crianças que vivem sem receber um pingo de amor. A imaginação sabe fazer a tarefa de carregar nossas levezas. Pétalas.

Não fica longe

Descobri agorinha uma terra que canta e dança. Tem nove gargantas de fazer luz e duzentos aterros para a construção de condomínios de luxo. Seu clima é de crepe com babados de cetim. Em dias de festa nele farfalham ventos descendentes de madressilva e jasmim. Seu portão vive aberto. Seu solo guarda pedrinhas roladas, que jamais ferem os pés das crianças que brincam descalças por ali. E isso aproxima todo mundo.

O melhor de tudo é que essa terra de intercâmbios não fica longe. Ela fica dentro da gente. Mas parece mais distante que o cuchichó-do-judas.

O lobo que não uivava

Numa serra ferida pela erosão, vivia um lobo que cresceu separado do direito de sentir suas próprias emoções. Chamava-se Zaplan. Quem o criou sempre lhe dizia que sentir emoção é fricote. Que macho não permite arrepio na pele. Tudo que faz é cumprir obrigações e marchar no caminho da lógica.

Foi assim que ele aprendeu a excluir até o afeto mais rapidinho. Nada daquele aconchego que vem do abraço de familiares e amigos. Enquanto os outros lobos uivavam por aí, nas lindas noites de lua, Zaplan zombava. Chamava aquilo de estupidez. Depois engolia em seco, numa vontade louca de chorar, chorar até derreter. Mas no seu olho as lágrimas não nasciam porque antes viravam pedrinhas.

Já adulto, ao ver chegar a temporada dos acasalamentos, ele se afundava na toca, ainda mais ressentido. "Para que trazer ao mundo mais lobinhos? A vida não tem sentido!" – ele se dizia. Mas, sem querer, tinha hora que mudava de raciocínio. "Entusiasmo, paixão, alegria; não é isso que todos sentem? Por que eles podem, e eu não?"

Eram dentes rangidos, dedos torcidos e patas geladas pelas emoções contidas. Pobre Zaplan!

Esgotado, saía para a mata em corrida desabalada. Bem longe, subia num morro alto e lá de cima ele media a imensidão da mata. Parecia tão vazia. Ao voltar para casa, encolhia-se num canto. Tempos esquecidos, sentia nas ventas a catinga do corpo suado, carente de sonho e prazer. Então, um uivo longo percorria a caverna dos seus pulmões abafados. E morria.

Metáforas comestíveis

Eu vivo mais é à custa de metáforas. Metáforas são o máximo. Ricas em oxigênio, carboidrato, sais minerais, vitaminas, proteínas, lipídios e tudo que, em dose certa, traz saúde pra gente. O feijão é um bom caso de metáfora.

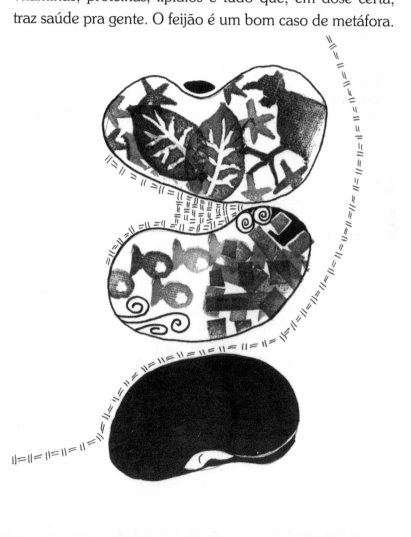

No marrom ou pretinho dos seus grãos escondem-se os verdes da lavoura, muitos giros do sol, água da chuva, falas da terra, voos e pássaros. Tolo é quem despreza isso e se alimenta somente do que vê de cara em seu prato.

Uma dica é ver o feijão derretendo de cozido, a ferver na panela. Se for batido no liquidificador, parece massa de brigadeiro. Dá para saborear a festa do ferro brincando de roda com alho, salsa e cebolinha. Nessa hora, um cheiro bom visita a cozinha, assim como o mar cheio de ondas, que traz sal do tempero.

Enquanto engole o feijão, a gente pode ouvir a história dos grãos que marcaram o caminho para Joãozinho e Maria. Vem junto o mestre Sivuca sanfonando maravilhas. E nessa abundância de metáforas podemos soltar a voz e cantar com ele:

... Agora eu era o rei,
era o bedel e era também juiz,
e pela minha lei,
a gente era obrigado a ser feliz...

E os quintais?

Junto ao barranco, as alamandas. Tão amarelas e consistentes que nem balançam. A chuva forte da noite derramou o frasco de colônia que ontem elas usavam. Só restaram duas gotinhas.

Na memória que passa vertiginosa, me vem a imagem de outro quintal com outro pé de alamanda. Foi numa primavera que seus ramos se animaram a saltar do estaleiro e subir pelo tronco do *kiri*, árvore alta e leve, trazida do Japão. Cá embaixo cresceu a área sombreada, agradável para ficar lendo gente grande: Goethe, Monteiro Lobato, Drummond. Se alguém mais quiser vir, fica sempre à vontade. Tem dois banquinhos confortáveis.

Se os olhos pedirem intervalo entre as páginas, a vizinhança é cheia de oportunidades. O jovem pau-brasil cultivado com reverência. A palmeira em seu sétimo rebento, oferecida pelo ex-pracinha Zé Sérgio. Um limoeiro inchado de limãozinho sugerindo limonada. Aquele cacho de bananas pra lá de cem unidades. Um bem-te-vi cantando entra no ninho, e o ninho canta mais do que ele por causa dos ovinhos.

De repente, do livro aberto sob as alamandas, Goethe nos fala: *"O mar e as massas rochosas com a Terra giram em segredos"*.

Com licença, grande poeta! Só o mar e as massas rochosas? E os quintais? Podemos reescrever esse verso? *"O mar, as massas rochosas e os quintais com a Terra giram em segredos"*.

Tom de mato queimado

O pé de laranja-lima e um sabiá de peito enorme. Assim como quem não quer nada, ou quase nada, olho para ele, ele olha para mim. Iniciamos um papo sutil pela *internet* dos olhos. Durou cinquenta e seis minutos, marcados por mim no relógio.

Aparentemente não fizemos outra coisa senão olhar um para o outro. Tem gente que me acusou de ter hipnotizado o bichinho. Tenho cá minhas dúvidas. Pode bem ser o contrário. Foi ele que me hipnotizou. Sou muito sensível a olhos castanhos tom de mato queimado.

Por favor

Num sonho que tive quase instante de acordar, você era tamanho de seu dedo mindinho. E sabe que não reclamava? Achava a coisa natural. E, muito sem rodeio, limpava a gorda bundinha de um ácaro-bebê, seu afilhado de batismo. Tinha feito cocô na fraldinha de tecido azul com sinhaninha.

Eu olhava aquilo meio sem entender e meio pensando que tudo fazia sentido. Gozado que, com a fralda cheia na mão, você arregalou os olhos, franziu o nariz e me perguntou:

– Eca! O que eu faço com isto?

Acordei sem responder. Mas respondo agora. Jogue o cocô na privada, lave a fralda e depois lave as mãos bem lavadas. Sem fazer cara de nojo. Seus compadres podem estar por perto e iriam ficar contrariados!

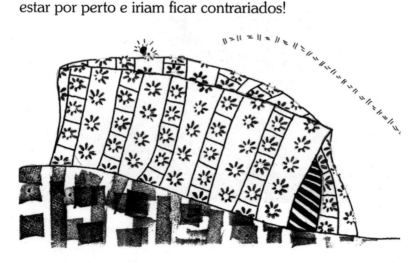

Dedal mágico

Deixar o Sol nascer. Deixar o Sol crescer e deslizar pelo arco do dia. Dançar com esse sol que joga raios na janela e risca linhas em nosso caderno.

Feito avião, todo dia ele passa e se derrama até em lugares aonde nunca foi a nossa imaginação. Ele também já foi rei de um povo dourado até as entranhas. Suas cidades ficavam em picos altíssimos, em meio a paredões de silêncio e de frio.

Em certa ocasião o povo dourado fazia uma festa e foi surpreendido por um *toc-toc* na porta. Não esperavam visita, mas alguém foi ver quem chegava. Eram toureiros armados até os dentes, vindos de terra distante. Nem esperaram convite para entrar. Invadiram tudo, pisotearam os nativos, mataram a torto e a direito. Verdadeira carnificina. O representante do rei Sol foi tirado do trono. Todos os bens, seus e do seu povo, foram surrupiados. Barras de ouro, estátuas de ouro, paredes de ouro. Tudo levado de navio para sempre.

O que os forasteiros não sabiam é que o Sol pressentiu o ataque. E, assim, mandou que um raio levasse a peça mais rara e valiosa do seu povo para uma gruta secreta.

Mais rara e valiosa que barras de ouro, estátuas de ouro e paredes de ouro juntas? Sim, um dedal mágico, feito de ouro líquido, destinado a uma criança.

Quando for o dia, um novo raio de Sol irá trazê-lo para a mãozinha certa, onde quer que ela esteja. Mãos invisíveis irão coroar essa maravilhosa criança ao meio-dia, a hora mais forte. E ela se tornará o representante direto do Sol neste Planeta, ainda no século XXI. O mais legal é que essa criança, toda vez que precisar, vai saber tirar ouro do próprio coração. Sem doer.

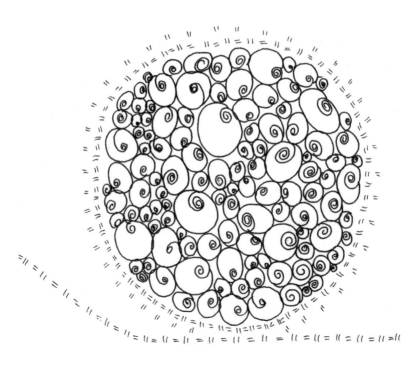

Pipobrito

Pipoca, piparote, pitanga e pequi.
Tocarei este pandeiro por aqui ou por ali?
Ah, pandeiro, feito com o couro de um gato
que morreu esticado de tanta preguiça!

Falando sério: conheci há trezentos anos uma moça engraçada. Trocou seu dote por um pedaço de doce de jenipapo. Hoje pouca gente conhece esse doce porque jenipapo, assim como papo, está quase extinto. Era sua sobremesa preferida. Fazendo caras e beiços, ela mastigou o pedaço quarenta vezes com o único dente que tinha. Primeiro, porque era muito fina, e gente fina não engole feito pato. Depois, porque queria que a satisfação durasse.

O malvado da história é que ela não sabia que dente requer escovação. Claro, cárie daqui, cárie dali, aos poucos foi ficando banguela, até que lhe restou somente aquele *filho único*. E não é que também já estava cariado? Ele se quebrou justo no instante em que ela comia o doce trocado pelo dote que os pais iam lhe dar no dia do casamento.

Dente, doce, dote. Gente atual aceita o dote, come o doce e escova os dentes no mínimo três vezes por dia.

É bom não molengar. Dentes são úteis para muita coisa. Uma delas é falar trapo, tripa, trato, trote e truta sem tremer a língua.

Quem mantém dente sujo é bobo e está frito, pois café de bobo é coado com bostinha de cabrito.

Verdade verdadeira

Coração é invenção deste mundo? Qual a sua opinião? Coração parece um achado entre o certo e o incerto, entre o fugaz e a eternidade, tantas surpresas ele desata, ora belas, ora horríveis.

O que ao certo se sabe é que ninguém é dono do coração de alguém. Nem é dono nem escravo. Todo mundo somente é dono do próprio coração. Ter posse e escravizar não combinam com as veias de um coração, que são muito delicadas. Apenas o coração livre consegue amar e exercitar a fidelidade, de cá pra lá e de lá pra cá.

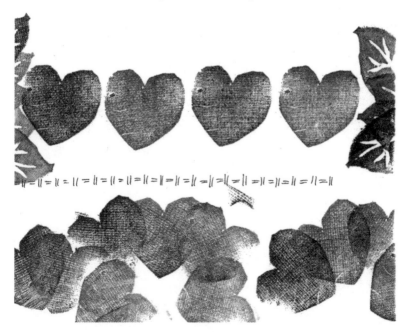

E tem mais: entre dois corações, a primeira glória é a amizade. Mesmo os casais, jovens ou coroas, que se escolhem para amarrar aliança, com ou sem papel passado, encontram a união verdadeira só se, em primeiro lugar, forem amigos, amigos sempre leais.

Desdoer da dor

Dor dói. Não dói, Dodô?
Papai e mamãe brigaram.
De tão divorciados,
o papai foi pra China,
a mamãe pro Equador.
Cabeça pra baixo,
o mundo desmoronou.

É hora de sofrer a ponto de adoecer e virar borocochô? Não, não. É hora de sentir a dor e dar um salto, pirueta, tique-taque. Você, apesar de menino, e agora tão triste e sozinho, precisa saber, Dodô, que a vida nunca se fecha em uma questão. Nem em várias questões.

A vida é o fluxo. É o sempre abrir. Como uma flor que seguidamente surgisse do miolo de outra flor. Abre-se em dias, em sonhos, em fatos, em novos jeitos de ser e não ser.

Ninguém vai negar que há situações com cara de monstro que dá rasteira. Que fere fundo o sentimento da criança. Apesar disso, Dodô, a única saída aí é dar a volta por cima. Dar a volta aos poucos, mas dar. Mesmo com o coração apertado. A vida pede isso. E o jeito é ir lá onde está nossa coragem.

Não sabe onde fica a sua? Vou lhe contar uma coisa. Eu tinha uma, já antiga, e andava com ela por toda parte. Um dia, cadê? Uma dor sem tamanho a esmagou. Igual aconteceu com você. Foi duro. Então alguém me ensinou onde encontrá-la. Demorei, mas fui lá e achei.

Sim, é lá, na menina dos olhos, abaixo dos pezinhos dela. Ali existe um campo, cisquinho de nada, porém mais possante que um exército em marcha. É nele a nascente da coragem. Pegue um espelho. Olhe. Procure. Olhe mais. Você vai achar. Todo mundo tem o seu.

Quando a dor derruba e o medo espreme a gente, chegou hora de procurar. A coragem tem artes de maga. Aquece as mãos, sopra as feridas. Traz alegria e põe brilho no olhar. Cura.

Dor que desdói. O desdoer da dor.
Se a gente decide, a vida
dá um salto, pirueta, tique-taque,
Dodozinho, meu amor.

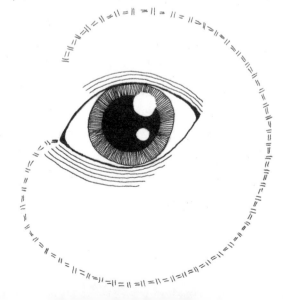

Pingo de pingo

O adulto quase sempre faz de tudo para esquecer suas fadas e o modo como juntos passaram a infância. Retorce o nariz. Nega tudo e cola o rótulo de *mentira pura* nas suas horas encantadas. Porém o tiro sai pela culatra. Matar as fadas tira a luz dos olhos. Então ele acredita que o apagão é efeito da idade.

Quanta desinformação! As fadas são verídicas. O modo de encará-las é que precisa ser atualizado. Para entender sua dimensão, precisamos pesquisar a respeito de micro e nano. Na verdade, as fadas são partículas da natureza encantada. Não são do tamanho de gente nem se vestem feito nós. Daí que atravessam, invisíveis, a nossa atmosfera. Estão aqui, ali, acolá, em nossa casa, na rua, no mundo. Mas sempre misteriosamente.

Se elas são silenciosas? Nem tanto. Fadas adoram dar risadas, bem espevitadas. Diz uma cientista das verdades claras, Dona Carochinha, que fada pode estar em toda parte. Agorinha mesmo brilhou um inesperado pingo furta-cor na tela do meu computador. Se não era fada, o que mais podia ser?

Primeirona

Inventei um aparelho genial, facílimo de operar. Com um *laser* camarada, ele consegue dar adeus aos pés-de-galinha e a toda pelanquinha.

A imprensa já publicou várias reportagens, e os pedidos chovem de todo lado. Tenho que correr, e até voar, para atender a demanda.

Quando os aparelhinhos começarem a sair do forno, serei a primeirona na fila da recauchutagem. Por razões que estão na cara.

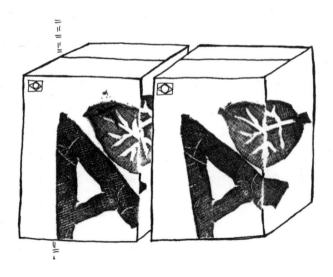

Alminhas

Para cozinhar uma sopa de inhame, três paus de lenha queimavam no fogão de um sítio. Um deles era formiga pura na comprida rachadura. Nelas fogo pegou rapidinho: *triiiiiiii*! Quatrocentas e dezenove alminhas de formigas dali saltaram confusas. Mas uma brisa de nada conseguiu carregá-las para o céu. Um anjo em forma de inseto recebeu-as todo amável.

– Entre, o' inseto povo terreno, neste rancho ameno. Aqui vocês podem cavar túneis, cortar folhas, fazer ninhos e ocupar qualquer acha de lenha eternamente, sem ninguém encher o saco.

– Eternamente, bom anjo? Tanto assim? – elas indagaram.

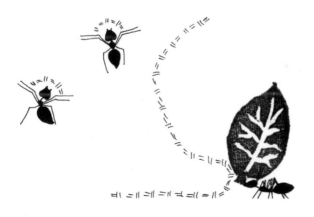

E o anjo, naquela voz de clarim:

– Tudo isso e mais, formiguinhas. Daqui para frente, vocês terão na cabeça a auréola dos santos que morreram na fogueira como mártires. Aleluia!

(E nós que bobamente pensávamos que alma é coisa só de gente!)

Coisas a saber

É a planta sozinha que engendra seus talos? Que modela os rabichos de suas raízes? Depois, é ela sozinha que monta tronco e ramagens?

Desenha folhas com que maestria! Recorta flores com que fantasia! Pinta de cá, pinta de lá, sem nunca a gente ver seus pincéis e tubos de tinta e descobrir a fonte da beleza do miolo, tacinha, e das pétalas, tão calmas.

Quem diz a uma árvore a exata estação para seu fruto surgir, maturar e depois vir encher de água nossa boca, muitas vezes só de olhá-lo? Os gnomos?

Vacilação

Não posso aprender andar de bicicleta. Só de pensar nos tombaços, de lixar canela inteira, me sinto arrasada. Falei com papai e mamãe que a bicicleta que me deram é grande para mim; eles riram. Falei que sou pequena para ela; eles não deram a mínima, e ainda zombaram:

– Se você cair, o machucado sara antes do casamento.

Ah, ninguém vai ficar do meu lado? É impossível a gente tomar conta de pedal e guidom ao mesmo tempo. Não sei como tanta gente anda de bicicleta! Estou aqui no maior dilema: se tento, eu caio; se não tento, não aprendo!

Gente, pensando bem, e se a roda ainda fosse quadrada?

Bicho-caruncho

Tininha morre de medo de caruncho. Para ela, com um nome assim, C-A-R-U-N-C-H-O, o bicho só pode ser enorme, muito mau e horrendo. Um tipo roxo, de peito estufado, cauda peluda, boca rasgada, pelancas na testa. E, para completar, cinco chifres pontiagudos, três olhos esbugalhados. Mesmo sem saber se o bicho pega, se o bicho mata, se o bicho come, ela fica apavorada.

Como o aniversário dela está chegando, duas de suas amiguinhas resolveram lhe dar um presente diferente. E saíram de casa em casa, perguntando: "Aí tem caruncho? Estamos precisando de um!"

Elas moram em uma cidade do interior, onde todos se conhecem. Todo mundo achou graça e quis saber a razão do pedido. Elas contaram seu plano, deixando claro que ele não podia chegar aos ouvidos de Tininha.

Na oitava casa, tinha caruncho, sim, no caixote de guardar o milho para as galinhas. Assim, elas ganharam o bichinho, agradeceram e voaram para casa. E aí? Colaram o carunchinho com durex no alto de uma folha de papel. Embaixo elas escreveram uma linda mensagem de parabéns e a enviaram pelo correio.

Em sua opinião, o que fez Tininha ao ver um caruncho em carne e osso?

a) Teve um chilique.
b) Telefonou para dar o maior espalho nas amigas.

c) Teve um ataque de riso.

d) Pediu aos pais para ajudá-la a pesquisar sobre o bicho-caruncho em livros e na internet.

e) Concluiu que medo não é coisa de segurar. Melhor investigar se nele mora algum perigo ou neca tiribiteca.

Moral da história: O carunchinho não está nem aí para nossas tolices.

Maciez

– Que planta é esta?
– Renda portuguesa.
– Então, foi com renda que Mãe Natureza teceu essas folhas?
– Com renda e uma certeza: a maciez é a mão da criatividade.

Descobrimentos

Saiu nos jornais de hoje: tem um cidadão querendo pôr no mar uma caravela toda amarela. Algumas esquisitices fazem parte dela, pois é mais antiga que Adão e Eva e maior que a arca de Noé. De outro lado, em matéria de tecnologia, é o que existe de mais moderno. Tudo louco, louco.

Sua meta: novos descobrimentos por terras, mares, ares, imaginações e ventanias, a fim de traçar o mapa do impossível. O do possível já está todo incluído na tela do computador.

O desafio tem tudo para dar certo. Quem topar parceria cadastre-se no site <www.caravelatodaamarela.com.br> ou pelo fax 0001111111. A cobrar, nem pensar.

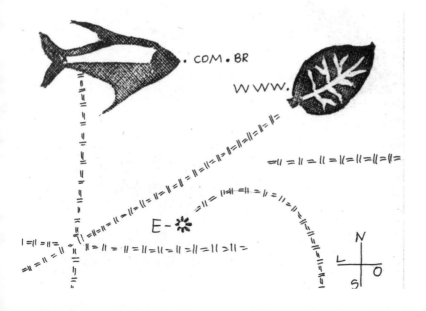

Traquinagem

Que catita a forma do nariz! Não parece caçarola, muito menos chafariz. Chato ou arrebitado, curto, redondo, curvo, comprido, é sempre um primor, além de útil, essencial. Suas fossas, também chamadas de narinas, são corredores de vida. E vivem abertas de forma bem traquinas: tanto sugam o ar e depois o mandam embora, quanto mudam as melecas de lugar e movimentam os espirros. Em dias de gripe, elas ligam o fungador, porém se distraem e pingam coriza no chão, na roupa, na mão...

O seu nariz está aqui para dizer que anda meio cansado de trabalhar sozinho. E propõe que você ponha sua garganta para funcionar como bombinha auxiliar na função de puxar o oxigênio do ar. Afirma que será divertido ouvir o som que ela vai produzir, semelhante ao da maré baixa e do bebê ressonando. Que isso acalma e é gratuito. Uma traquinagem do nariz ou ele fala sério?

A leve asa

O Planeta tem um lugar para cada vivente, gente, bicho e outros que ele sustenta. Os espaços vão cada dia ficando mais ocupados. Um grupo de crianças foi entrevistá-lo para redigir um artigo a ser publicado no jornal mural da escola. O papo foi este:
– Senhor Planeta, dá para cada um fazer aqui o que bem entender?
– Deduzam: se os humanos deixam meu solo fraco, minhas águas sujas e o ar poluído, vocês acham que dou conta de restaurar tudo isso sozinho?
– É, a situação está horrível, senhor!
– Nós somos uma unidade. Vocês são as partes e eu sou o conjunto. Células sem ordem, sem lei vão gerar o quê? Vai uma sugestão?
– Sim, claro.
– Cada um cuide do seu pedaço pensando no todo.
– E se não fizermos isso? Por preguiça.
– Nesse caso, feito jaca, o prejuízo esborracha na cara de todo mundo.
– Assim o senhor nos aperta, Planeta!
– Não sou eu, pimpolhos! É o Universo que define assim. Ou cuidam do Planeta ou...
– Ou...

– Entramos pelo cano. Não tem meu pé me dói. O equilíbrio é lei universal.

– Última pergunta: de fato, o que é viver?

– Viver é amassar a água e o pó com o pé e a mão até conseguir modelar a leve asa de um sonho.

– Que sonho?

– O verdadeiro sonho de cada um, que é uma tirinha do amplo sonho universal. A gente não vê, mas tudo flui e se ajeita como deve ser.

– Bacana! Podemos substituir a palavra sonho por projeto?

– Podem. O segredo para tudo dar certo é cooperar.

– Obrigado, Senhor Planeta. Vamos fazer a nossa parte direitinho.

– Até mais, crianças!

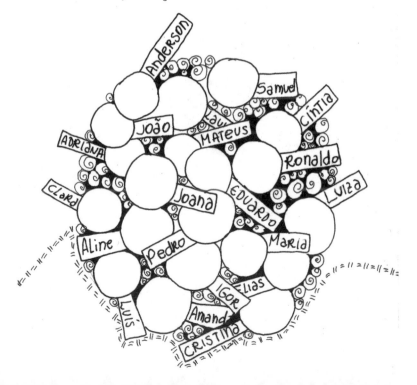

Um ET quase imaginário

ET existe? Ninguém jamais pegou um. Logo...
Olhe que lógica caduca. Do tempo dos navegantes. A maioria pensava que além do velho mundo nada existia. Que a Terra era uma baixada enorme, a perder de vista. E negava mudanças no panorama conhecido. Caramba! Que perda de cuspe!
Da mesma forma, tem gente por aí caçando ET como quem caça pulgas no pelo do totó, só com o fim de detonar. Navegam tontos lá pelas tantas, jogam onda de sapiência científica cheia de nomes difíceis.

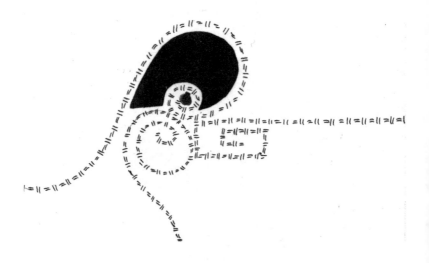

Já outros, poucos, procuram por eles em aberto. ETs bem que podem estar tomando banho na nuvem que passa. Nunca se sabe. Mas como têm a manha de ficar invisíveis, passamos perto deles de avião e não enxergamos. Deficiência deles? Deficiência da gente, que ainda não soube inventar o colírio de limpar os olhos para contemplar a galáxia como ela é: sem travas.

Megavó bactéria

A História se faz de muuuuuitas histórias. Em 06 de agosto de 1996 ficamos sabendo de uma que valeu a pena. A comprovação da existência de vida fora da Terra. Vida de gente ou vida de monstro? Nada; era só uma bactéria!

Disseram os cientistas que ela era a mais antiga forma de vida que já surgiu por aqui. Uma bactéria megavó, megavozíssima, portanto.

Foi medida dos pés à cabeça. Conclusão: é superpequenina. Se mil delas formassem um bolinho, ele ia cobrir somente um ponto de final de linha. A nave usada por ela foi um meteorito. Ou seja, um fragmento de meteoro ou de outra massa sólida, que normalmente se desloca pelo espaço cósmico.

Bem corajosa e aventureira a fulana. Veio em um pacote de viagem sem volta. Nos anos-luz do percurso, ela ficava deitada em seu canto ou recostada na poltrona, contemplando esferas, biosferas, estratosferas.

O piloto não fez escalas; preferiu um voo direto, sem se importar com o cansaço da passageira. Já o serviço de bordo ofereceu deliciosos petiscos: croquete de poeira de cometa, espetinho de estrela cadente, torta salgada de índigo. E, de sobremesa, taças de baba da lua cheia perfumadas de poesia.

A distinta imigrante aqui ganhou seu visto de permanência e acabou virando celebridade. Pena que ninguém mais fala nela.

O vizinho molhado

Júpiter é o gigante do sistema solar. Sua cintura é onze vezes mais larga que a da Terra. Faz alguns anos, uma terráquea foi conhecê-lo de perto. Gastou, só de ida, seis anos de viagem. Lá saltou de paraquedas, muito tranquila, sem qualquer friozinho na barriga. Estamos falando da Nave Galileu.

Assim que ela pisou aquele solo distante e desconhecido, passou a enviar mensagens contando tudo que via. Texto mesmo, nenhum; somente imagens. Os cientistas tiveram que rebolar para decifrar seus cliques. Algumas fotos mostram dezesseis luas em torno de Júpiter. Nem dá para imaginar a Terra com meia dúzia delas, por exemplo!

Europa e Ganimedes são as luas principais de Júpiter. Ganimedes não tem oxigênio. Não dá para nos receber como turistas. Já Europa tem a casca gelada e cheia de rachaduras. Há forte indício de haver água escondida por ali. Se não for água, é outro líquido. Mais uma cutucadinha e vamos saber das novas. O gigante na certa está circulando de roupa molhada.

Galileu afirmou que a mancha vermelha na cara de Júpiter, coisa antiga, não é hematoma por causa de soco em hora de briga, como diziam as más línguas. Também não é *blush* nem massa de tomate. É um furacão que cerca o planeta há trezentos anos, bufando sem trégua. Em vão nossa repórter buscou aquietá-lo com seus gritos eletrônicos.

Como se nota, há muita novidade rolando fora deste círculo terreno. É bom ficar de olho.

Esmero

Na parte da manhã, assim que as vacas leiteiras deixavam o curral, muitas vezes a gente andava por ali. Nosso objetivo era examinar as roscas distribuídas pelo chão afora. Algumas, quentes ainda, mal saídas do forno, tinham aroma mais forte. Apesar de bem enroladas, sua receita não era das melhores, pois a massa geralmente saía meio mole. Ao saltá-las, era errar um pouquinho e o pé todo se lambrecava. Mesmo a mistura sendo apenas de água e capim, o nojo era enorme.

Avaliar tantas roscas dava espaço a muitas opiniões:

– Esta é a maior do dia. Lá da varanda eu vi quando caiu no chão.

– Antes dela, caíram cinco.

– A mais bem feita é aquela mais da direita.

– Garanto que é de Nobreza. De todas, é a vaca mais caprichosa.

– De Nobreza? Não. É de Pepita, que deu cria anteontem.

– Pepita ficou foi do lado do curral. É de Nobreza mesmo. Até mãe acha que as de Nobreza são as mais bonitas.

– Sempre eu soube qual é a dona de cada rosca. Podem confiar no que digo.

Alguém, já no outro canto do curral, gritava:

– Venha, gente! A mais interessante de todas está aqui. Ela é dupla.

– Dupla? Tem tempos que não aparece uma assim!

As vacas tinham ido embora, mas sua presença permanecia no ar e contava que ser vaca era bom. Era bom por conta do capim verde e farto, da água limpa e fresca e dos ziguezagues que subiam as serras e cruzavam as baixadas.

Tinha também o seu cheiro, talvez a coisa mais forte. Sim, as vacas gostavam de ser vacas. Via-se isso no seu olhar intenso, aqueles bugalhos de olhos na cara.

Antes que me esqueça: outro item observado era o berro. Musical, simples, magnífico. Resume a linguagem dessa raça amadurecida na leitura das folhas, entre lambeduras e ruminações.

A entonação dada aos berros variava. Com o filho perto, era uma. Com ele longe, era outra. Tudo entrava na pauta com o sentimento exato da vaca. Nesse ponto a gente concordava: todo berro de vaca é em si mesmo definitivo.

Ao retornarem ao curral para a ordenha da tarde, o bezerro junto estimulando a descida do leite, o berro era longo e encorpado. Tipo um poema que começasse assim: Meu filho, cheguei, morta de saudade. Depois da ordenha, sobrará leite para você?

Hoje, ao recordar aquele curral, penso que a gente brincava mesmo era de entender certa face do mundo que vive estrelada de bosta. Sabemos que aos poucos ela vai se tornar esterco. E se vejo roscas novinhas em algum caminho de roça, um curral inteiro me chega, rodeado de berros. Ah, como isso me amansa!

A penquinha

O homem, a mulher, o menino e o cachorrinho. O homem e a mulher tinham pouca altura. O menino e o cachorrinho, menos ainda. Sua vida era na roça, mas pelo menos uma vez por mês eles iam à cidade fazer compras.

A história começa com o homem e a mulher juntos há muitos anos. Filho, para ocupar seu tempo com coisas novas e alegrinhas, eles não tinham. Um dia souberam que no povoado vizinho tinha um bebê órfão de mãe solteira e de pai desconhecido. Será que alguém o queria? Foram buscá-lo.

Não demorou e o menino já ficava durinho no braço, engatinhou, andou, fazia mil peraltices. Toda hora tinham de olhá-lo. E, assim, um dizia ao outro:

– Vigia o menino, Maria.

– Espia o menino, Bené.

Nesse espia-vigia-vigia-espia eles se acostumaram aos giros do pequeno. Mas por segurança um estava sempre por perto. E, quando iam buscar lenha, plantar roça e fazer compras na cidade, ele ia no braço ou nas costas, carregado.

Mais à frente, apareceu no terreiro um filhote de vira-lata. Fofinho. Seu ritmo? Que nem o do menino. Também de coração, Bené e Maria o adotaram. Assim, o casal, pachorrento por natureza, teve que mudar um pouco a velha cantilena:

– Vigia o menino, Maria.
– Espia o cachorro, Bené.
– Corre lá, Bené.
– Vai ligeiro, Maria.

Apesar da correria, já não podiam ficar sem aqueles dois desordeirinhos. Quando iam à cidade, lá ia a penca. No armazém, menino e totó aprontavam. Dar conta deles, que custoso! Na volta pra casa, então! Os dois sumiam pela estrada, lá longe na frente ou bem atrás, sem falar que subiam no barranco, que pulavam de arranco, que... Feito diz o ditado: penca de três, diabo que fez. E a gente pode completar: penca de quatro, beirou teatro.

– Sossega o menino, Maria.
– Dá jeito nesse cachorro, Bené.

Já um tanto esmorecido, Bené teve uma ideia. Comprar uma corda de bacalhau e amarrar os quatro pela cintura antes de ir às compras na cidade. O sistema era inteligente. Ele e a mulher ficavam de eixo. Ele para o menino, ela para o cachorro. A folga, maior que um metro, era suficiente para os pirralhos pularem feito pipoca sem escapulir. Se a coisa apertava, era uma puxadinha na corda, e a ordem estava de volta. Claro, por puro costume, a ladainha nunca teve fim:

– Vigia o menino, Maria.
– Espia o cachorro, Bené.

O homem, a mulher, o menino e o cachorrinho. Que gracinha!

Debaixo de certa cascata

Quem disse que o amanhecer não é hora boa de pegar peixe? No verão, sei que é. Posso até contar um caso real, sem um pingo de mentira.

Lá na fazenda, quando nossos pais viajavam, o tropeiro Rodeco, ouro na confiança de todos, ficava encarregado de pajear a meninada. Nada como sua presença para evitar o excesso de diabruras. Foi ele quem deu ideia de pescaria em horário tão inusitado.

Alguns nem lavavam o rosto. Era pular da cama correndo, enfiar de qualquer jeito a roupa no corpo e virar um copo de leite, quem sabe com umas rosquinhas. E lá íamos, vara no ombro, capanga atravessada no peito, a latinha de isca. Na beira do poço morria o falatório. Rodeco tinha explicado que até cochicho espanta peixe. Ouvidinho dele pega tudo. Se o bicho sabe que pode virar fritura no almoço, escafede-se para o mais fundo da sua toca.

Que morno o rio nos joelhos! Réstias de cerração ainda rabeavam a flor d'água, dando um quê de suspense aos anzóis e minhocas. Bem depois era que o olho do sol piscava no alto do morro lá em frente, coberto de mata espessa. Era um sol meio dormindo, mas que arranjava a paisagem, com cada coisa em seu lugar: reconhecível.

Contudo, mesmo antes, se alguém puxasse um peixe, ninguém deixava de notar. Regra de pescaria é cada um cuidar de si, mas um peixe na vara dos outros, isso ninguém deixa de ver. Um puxava um, outro puxava outro, uns mais, outros menos. Rodeco, enquanto isso, ia circulando para atender quem estivesse em apuro: uma linha embolada, o peixe fisgado preso numa galha engarranchada no fundo do rio.

Pena o tempo ser curto; a pescaria tinha hora de acabar. Era tanta coisa a fazer ao longo do dia! Andar a cavalo, buscar salta-martinho, fazer piquenique na ilhazinha perto do Piemar. E já que os peixes podiam ouvir, agora a conversa era em voz alta, num desfile de vaidades:

– O maior peixe é o meu; olhem!

– Esse aí é filhote perto do que levo na capanga.

– Peixe grande na capanga é uma ova! Então, mostre!

– Mostro não. Ou acreditam em mim ou nem merecem ver meu peixão.

– Ô seus dois papudos, o campeão de hoje sou eu, com um que foi embora.

– Deixe de ser bocó. Pensar que alguém vai acreditar nessa sua lorota!

– É verdade; podem acreditar! Rodeco viu. Não viu, Rodeco?

– Rodeco viu? Pois ele ficou calado. Que coisa, você pôr Rodeco na mentira!

– Mentira? Que dia eu já contei uma por causa de peixe?

Deixando de lado esse pedaço, que não passa de prosa balofa, vou contar: quem pegava mais peixe era eu. Falo isso não porque sou eu a narradora do caso. Não. Todos morriam mesmo de inveja de mim! Até ficavam repetindo que eu era a boboca da turma. Porque tinha um ditado em nossa família: quanto mais bobo o pescador, mais peixe.

Era afronta. Eu não ligava. Ia pra casa de cabeça erguida. Também, com aquela fieira de timburé, lambarizinho e cascudo na capanga, ia me importar com cascata de quem não sabia pescar?

Porém, inveja, inveja mesmo, eles iam ter se soubessem de algo que sempre escondi deles, por achar melhor assim. É que na primeira pescaria, e isso foi sem querer, eu tinha descoberto a linguagem que os peixes usam para conversar entre si. Não era difícil, de modo que consegui decorar as palavras. Era com elas que eu atraía os peixes para o meu anzol.

Como? Eu lhes dizia que dentro de minha barriga passava um rio maior do que aquele onde eles estavam. Maior e mais lindo. Nele todos iam poder viver como príncipes. A via de acesso era justo o meu anzol. Eles, acreditando, vinham.

Se eu falava potoca? De jeito algum. Tanto não era potoca que até hoje conservo o rio e conservo os peixes, nadando todos na maior folga. Quem quiser pode ver, desde que marque hora.

Oh, desculpe, a coisa melou! Logo aqui, eu me distraí, e alguns peixes acharam brecha de fugir, caindo direto na sua memória, leitor. Acho que tiveram sorte. Nela eles vão viver feito reis, melhor do que príncipes. Pois aí passa um rio mais largo e mais lindo que este que corre na minha barriga.

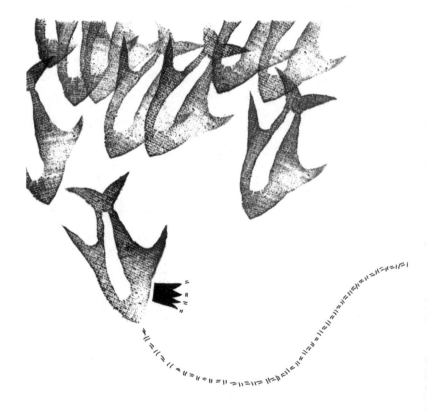

Macarrão e bacalhau

No início do século XX, a grande praça do comércio do Brasil ainda era o Rio de Janeiro, capital federal. E foi então que um fazendeiro de Minas fez de lá a encomenda de dois produtos raros, ambos importados: macarrão italiano e bacalhau norueguês.

A meninada da casa, acostumada apenas ao que era plantado nas hortas e lavouras, animou-se toda, mesmo sem saber que macarrão era massa de trigo e bacalhau peixe de mar. Aliás, sequer imaginavam a cara do mar. E faziam muito em rimar Itália com Amália, nome da prima, e Noruega com beldroega, plantinha nativa dos currais.

A mãe, que lia muitos livros, explicou o que pôde:

– Em vez de inhame e carne de porco, de canjiquinha e frango, vamos ter na mesa uma travessa de macarrão vindo da Itália e uma de bacalhau, peixe fisgado na Noruega. Itália e Noruega são terras estrangeiras, bem distantes do Brasil.

Para mostrar que tinham entendido, eles repetiam, brincando:

– Comida da estranja!
– Ô Ialá, como será?
– Vem de navio e demora muito pra chegar!

Ficaram todos aguardando o aguardado por mais de um mês. Até que o dia finalmente chegou. A tropa, que fora buscá-la na estação de Santa Bárbara, com vários dias de viagem, entrou no terreiro debaixo de palmas. Bem antes, o cincerro da mula-madrinha anunciara a chegada. Então, quando um dos tropeiros pôs os caixotes no ombro em direção à cozinha, foi aquela festa. Todos estavam curiosos.

Com uma torquês, o fazendeiro arrancou os pregos da tampa e em seguida a fazendeira abriu os fardos com suas mãos morenas e hábeis. À volta, os seis filhos mais sete sobrinhos acotovelavam-se boquiabertos, querendo mirar a surpresa. Primeiro, a mãe mostrou o macarrão. O comentário foi geral, mais ou menos expresso neste tipo de frases:

– Macarrão é isto? Um monte de tirinha fina e dura? Que coisa mais simples!

Depois, chegou a vez do bacalhau. Com ele não foi diferente.

– Este é o tal bacalhau? É peixe ou é fedor?

Antes que a mãe respondesse, um dos pequenos, Francisco, morto de medo e confuso pelo misto de vantagem e perigo que chegara à cozinha, indagou a custo, de tanto forçar o estômago embrulhado:

– Mãe, macarrão tem semente? Bacalhau pega a gente?

A feiura disfarçada

Muita gente conheceu o tal homem; eu não. Diziam que ele era muito curioso e falava pelos cotovelos. Assim, quando aconteceu de se mudar uma nova família para a redondeza, ele, louco por um papo, foi fazer sua visitinha. A empregada disse para entrar, ele entrou. Enquanto esperava os donos da casa, teve tempo de observar um retrato antigo na parede da sala. Tinha uma moldura larga, de fino gosto, por isso chamava bastante atenção.

Houve as apresentações e tal, eles se sentaram nas poltronas de madeira e começaram a conversar. A prosa ia animada quando o visitante apontou para o retrato e comentou sem rodeios, curto e grosso:

– Ô mulher feia aquela do retrato, hein? Uma jabiraca!

O casal engoliu em seco. Só após um minuto de silêncio o anfitrião teve garganta para explicar:

– Aquela é a avó de minha mulher. Pessoa muito querida da família.

O linguarudo foi no outro mundo e voltou. Tanto viu que era tarde para qualquer remendo quanto precisava se safar daquela tirada má. Daí que se levantou com muita pompa e caminhou até bem perto da feia estampa. Passou a mirá-la atento, primeiro com um olho, depois com o outro e em seguida com os dois, ora apertando as pálpebras, ora relaxando-as quase encantado. E bem devagar, tal qual fazem os críticos de arte.

Os donos da casa assistiam a cena sem entender patavina. Aquele safado queria o quê? Pois eis que de repente o tal balançou a cabeça em forma de aprovação, fez um bico enorme dominado pelo lábio inferior e disse em tom solene:

– Sabem que, reparando bem, mas bem mesmo, a feiura desta senhora é tão disfarçada que chega até a ser bonita?

O dia da onça empanturrada

Mané Pio brincava com todo mundo, e todo mundo brincava com ele. Seu bom humor era marca registrada. Ao se despedir de alguém, ele gritava entre duas risadas: "Mané Pio falou, valeu!"

Tinha família e morava numa casinha de roça, lugar de restos de mata nativa onde até onça inventava de morar. Trabalhando em engenho de cana, não teve como ficar livre do vício de beber. Tinha época de ficar bem achacado. Em outras, andava de cara limpa, afastado da pinga. Fosse como fosse, todo sábado era sagrado: a fim de ver as modas da cidade e fazer compras, ele cobria a distância de uns dez quilômetros. Na fase boa, voltava cedo; na outra, ia virando a garrafa até ficar incapaz de um passo que fosse. Passava a noite na beira da estrada, quase desacordado. Ia abrir os olhos com o sol já velho na manhã seguinte.

Em um novembro quente e abafado, perto da meia-noite, Mané Pio caiu, assim a quinhentos metros de uma mata nativa. Os animais, entre eles a onça, estavam à solta, em busca de caça e da fresca dos descampados.

Mané Pio tinha ciência desses fatos, porém neles não punha sentido; a má fama da dona pintada nunca lhe deu arrepio. Só que naquela noite, depois de ficar apagado um tempo, ele meio que acordou, assim estranhado, sem entender direito as coisas. A tonteira era muita. Era que parte da noite? Ou tinha amanhecido? Um abrir de olho quase imperceptível mostrou que estava tudo escuro, bem escuro.

Certeza não teve. Mas um fedor esquisito chegou ao seu nariz. Quis mexer o corpo, assuntar. Não conseguiu. Estava todo embaraçado. Que prisão era aquela? Armadilha?

Intrigado, levantou uma pálpebra. Depois, fungou com força o ar. De raspão Mané Pio atinou com tudo. Ele estava debaixo de uma galharia de árvore e aquilo só podia ser obra de onça.

Tirou a prova apalpando o chão. Não era o cascalho da estrada. Era folha seca e o matinho ralo do piso das matas. O pensamento deu um salto. A morrinha forte era mijada de onça. Não restava dúvida: sua roupa estava encharcada.

O caso é que onça só come se está com fome. Do contrário, esconde a presa em lugar seguro, mija nela e a deixa lá, coberta de galhas. Vai tranquila dar suas voltas. Mais tarde, quando a barriga grita de fome, ela retorna.

Às custas desse raciocínio, Mané Pio concluiu: ou saía dali ou... Esquecido da ressaca, rapidinho empurrou a galharia, pegou prumo e se mandou. Ainda que borrando as calças. A velocidade era tanta que nem sentiu a subida da serra. Cobriu os quilômetros bufando, arrepiado dos pés à cabeça. Respirar no duro, ele só respirou ao distinguir o telhado de casa e descer até o terreiro. Chegou gritando tanto que acordou todo mundo.

– Era a onça, gente! Era a onça!

Todos vieram parar na cozinha, onde ele estava.

– Tá falando de que onça, pai?

– Ela me carregou pra mata, me cobriu todinho...

– E que catingada é essa? – perguntou a mulher, ela e os filhos tapando o nariz.

– Gente, ela me marcou; ia voltar!

– Vai tomar um banho, homem!

Foi assim que tudo sucedeu. De pinga, depois daquela noite, Mané Pio nunca mais quis falar. Morrer, ele morreu. Afinal, todo mundo morre. Mas foi dez anos depois, de pneumonia dupla, na cama de um hospital.

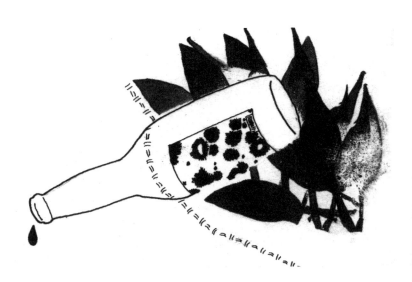

O amor sabe inventar

O Brasil teve muita gente na condição de escravo. O costume veio da Antiguidade e pegou em quase todas as nações. Nem é preciso citar a grande sede de liberdade em todos os escravos.

Nesse sentido, ouvi de Otávio de Assis Gonçalves, fazendeiro nascido no finalzinho da escravatura na região central de Minas, um caso tocante. Tocante pela paixão que nele circula e pelo fio que ele puxa em nossa imaginação.

Beirando o Santo Antônio, afluente do Rio Doce, há fazendas de terra muito fecunda. Numa delas vivia o escravo Bernardo. Certo dia ele foi com seu dono levar uns bezerros desmamados vendidos para a fazenda vizinha, no outro lado do rio.

A distância até lá, medida com o olhar, era pequena. Em dia claro, dava para distinguir uma rolinha voando perto da margem. Porém, o rio era largo e fundo, exigindo uma volta duas horas até encontrar um vau.

Chegaram, deram água aos animais, e veio a hora do jantar. Naquele tempo, comia-se cedo, por volta de quatro horas da tarde. Terminada a boia, o fazendeiro chamou o escravo para irem embora, mas o dono do lugar insistiu que ficassem até o dia seguinte. Podiam sair bem antes do sol raiar. O convite foi aceito.

Bernardo pernoitou na senzala, onde conheceu a jovem Germana, linda e cheia de vida. Foi paixão à primeira vista. Arrebatadora paixão. Os dois ficaram imaginando um jeito de se verem com frequência. Como escravos, não recebiam permissão para transitar entre as fazendas quando bem entendessem. Terminado o serviço, era obrigatório permanecer na senzala. Para Germana e Bernardo, o maior problema era não saberem nadar. Sendo as fazendas tão próximas, poderiam atravessar o rio escondido.

Bernardo partiu inconformado. Nos dias seguintes, em meio ao desespero e à falta de ar, toda hora vinham suspiros de saudade. Com Germana, tudo igual.

Alguém pode pensar que essa história é enfadonha. Que a chance do casal morreu ali. Engana-se. A criatividade do moço gerou uma reviravolta digna de um filme. Toda noite ele ia para perto do rio e ficava bolando um jeito de se encontrar com Germana. E amargurava sua impotência.

Por fim, imaginou-se a caminhar pelo leito do rio com uma pedra na cabeça. A princípio, achou aquilo uma loucura. E se não desse conta de segurá-la? Mas criou coragem. Arranjou uma pedra larga e pesada, fácil de segurar. E entrou na água. Prendendo a respiração, firmou a pedra e deu os primeiros passos. Estava escuro lá embaixo, muito escuro. O foco da linha reta precisava ser mantido. Mas seu desejo de ver a amada era tão claro que não foi difícil.

Bernardo passou a visitá-la toda semana. Antes de qualquer sinal da aurora, ele corria para o rio, punha a pedra em cima da cabeça e retornava andando debaixo da água. A aventura durou meses. E teria continuado se ele mesmo não tivesse decidido contar ao seu senhor o que estava acontecendo.

O fazendeiro foi pego de surpresa. Ele, que não deixava nada para depois, não achou o que falar. O escravo criara um jeito simples e genial. Aquele só podia ser um grande amor, sonho de todo mundo. Queria, por isso, ajudá-lo. E ficou ali matutando a melhor solução.

Para Bernardo, o silêncio soou cheio de perigo. Para que foi contar a verdade? Quando a raiva de seu dono explodisse, ele com certeza não ia poder mais rever Germana. Nunca mais. Assim, perdido em seus pensamentos, custou a entender o que ouviu: "Amanhã resolvo isso, Bernardo. Fica sossegado."

No dia seguinte bem cedo o fazendeiro mandou arriar a besta e foi falar com o vizinho. Dessa vez, foi só. A conversa tinha de ser particular. O outro na certa ia espumar de raiva. Dito e feito. Ameaçou castigar a escrava pelo desaforo que ela fizera com ele e o feitor.

Para acalmá-lo, foi preciso muito argumento. Por fim, se deu por vencido. De fato, o melhor era o casal juntar os trapos, viver aquela grande paixão. O dono de Bernardo propôs a compra de Germana; o outro aceitou. Conversaram muito a respeito de tudo aquilo e, para não perder tempo, fizeram mais um negocinho de animais.

À tardinha, ao receber a maravilhosa notícia, Bernardo nem acreditava. Para contar tudo a Germana, naquela noite ele ainda caminhou pelo fundo do rio com a pedra na cabeça. Mas com enorme diferença: seu peito estava livre.

Um mês depois, Bernardo e Germana se casaram com a bênção das duas fazendas. Na banca comprida da senzala, feijão tropeiro à vontade e doce de mamão com rapadura e gengibre, que a fazendeira ofereceu para o festejo. Um batuque animado varou a noite, marcado pelo brilho dos olhos e das estrelas.

FIM

Este livro foi composto em *Souvenir Lt Bt*, impresso
em papel Offset 90 g/m² (miolo) e Cartão 250 g/m²
(capa) no mês de novembro de dois mil e onze.